En Días
de Muertos

PUNTO

DE ENCUENTRO

Berta Hiriart

En Días de Muertos

EVEREST

Dirección Editorial: Raquel López Varela
Coordinación Editorial: Ana María García Alonso
Maquetación: Cristina A. Rejas Manzanera

Ilustración de cubierta: David Méndez
Diseño de cubierta: Jesús Cruz

© Berta Hiriart
© EDITORIAL EVEREST, S. A.
Carretera León-La Coruña, km 5 - LEÓN
ISBN: 84-241-8597-8
Depósito legal: LE. 1710-2001
Printed in Spain - Impreso en España

EDITORIAL EVERGRÁFICAS, S. L.
Carretera León-La Coruña, km 5
LEÓN (España)

I

Cualquiera que haya pasado por Xochiltepec sabe que al bajar el sol las niñas juegan en el río. No importa cuál estación del año esté transcurriendo. En ese pueblo siempre hace un calor que saca el sudor de los animales y de la gente desde que amanece. Aunque llueva, el aire en vez de entibiarse se convierte en vapores poco menos que ardientes. Por eso es que la hierba crece sin parar en toda la gama de verdes que es posible imaginar, los árboles no descansan de cargar nuevos frutos y las niñas en cuanto pueden, se escapan a bañar en el río.

Junto a ellas, los lagartos cuecen sus panzas sobre las piedras de fuego. Las garzas y otras aves silvestres se acercan a beber, mientras que las serpientes las observan desde lejos, sin querer perturbarlas. Solamente una vez, una niña, Lupita, fue mordida por una cascabel, pero no sucedió en el agua sino en pleno campo. Las presencias del río quieren a las niñas. Las han visto crecer a lo largo de todas las tardes desde que tienen memoria. Adivinan su proximidad antes siquiera de escuchar sus pasos. Ha de ser por las risas, pues es este sonido tímido, como de cristalillos que se rompen, el primero en llegar. Instantes después aparecen ellas, trotando igual que las jóvenes yeguas que andan pastando en las cercanías.

En la orilla, se quitan los zapatos y luego se adentran en el agua, liberadas instantáneamente del peso de sus tareas de mujeres adultas. Atrás quedan el nixtamal[1], la carga de la leña, los hermanos mocosos a los que hay que arrullar y los mayores a los que hay llevar el itacate[2] a la milpa[3]. Sólo existen la sensación del vestido flotante, la frescura de las gotas con que se salpican unas a otras, las bromas que sólo entienden ellas.

Algunas se deshacen las trenzas y dejan que el río les lave la cabeza, como si fuera una madre que tiene tiempo para dispensar esos cuidados. Otras juntan piedras para la colección: ésa tiene la forma perfecta de un huevo, aquélla parece una moneda color de rosa, y la de más allá, la puntiaguda, recuerda a la nariz de don Cándido. Y vuelta a las risas.

Lo único desagradable que sienten es hambre, sin embargo, ni ese vacío en la boca del estómago disminuye el gusto de su único momento de recreo. En su inocencia, son

[1] Nixtamal: Maíz con el cual se hacen las tortillas.
[2] Itacate: Provisión de comida protegida en un envoltorio.
[3] Milpa: Plantación de maíz.

lirios dejándose a ratos llevar por la corriente y a ratos oponiéndole resistencia para alcanzar la otra orilla. Saben que algún día tendrán que dejar el río y casarse, iniciar una vida como las de sus abuelas y sus mamás, pero por ahora, aunque los cuerpos de casi todas han comenzado a redondearse, creen que les quedan siglos de estas tardes felices.

II

Cuando Tina volvió a su casa, todavía con las trenzas mojadas, las caras que encontró no eran las de siempre. A diferencia del cansancio, que a veces derivaba en mal humor pero que también en ciertos días daba pie a una charla que aligeraba las últimas tareas de la jornada, hoy sus padres y hermanos estaban serios, extrañamente silenciosos. Tina se deslizó hacia la estufa de leña y rascó la costra de frijoles que había quedado adherida a la olla. Apenas alcanzaba para un taco, pero no se atrevió a reclamar que a nadie se le hubiera ocurrido guardarle un poco más. Desde hacía un tiempo, quien llegaba el último se quedaba sin comer. "En serio no hay con qué", explicaba Juana, sacudiéndose las miradas de sus hijos.

Demián lloraba en la hamaca. Tina se acercó a mecerlo. Parecía que hasta él con sus pocos meses percibía la tensión. La niña comenzó a cantarle bajito, atreviéndose apenas a interrumpir el silencio de los mayores. Su voz se sumó al coro de los grillos, las ranas y los pájaros trasnochados.

Durante un rato, ningún otro sonido humano tuvo ánimos para dejarse escuchar. Pero cuando Demián se hubo dormido, un sollozo grave rompió el silencio. Con la cabeza enterrada entre las manos, Cayetano, con todo y sus cincuenta y tantos años, soltaba la pena igual que un niño.

Tina nunca había visto llorar a su padre, y tal vez nadie, ni su propia esposa, lo había hecho. Más bien todos eran testigos de la contundencia con la que decía frases del estilo: "Los hombres no chillan". De modo que su gesto hablaba de algo fatal. Tina se aproximó a su hermano Manuel y le preguntó con los ojos qué sucedía.

—Nos vamos, chata —le informó dándole un pellizco cariñoso en la barbilla—, nos vamos para el otro lado.

Tina tenía una vaga imagen de ese otro lado. Mucha gente del pueblo se había ido para allá. Sobre todo los hombres, pero también poco a poco, las familias enteras. La tía Eloísa y sus hijos, entre otros. Al quedar viuda no halló modo de sobrevivir en Xochiltepec. Quizá hubiera podido irse de sirvienta a la ciudad pero los primos estaban chiquitos y Mamá Lola, la abuela, ya estaba demasiado enferma para cuidarlos.

Nada más volvieron una vez. Los primos habían cambiado tanto que era difícil reconocerlos. Ahora, en vez de Miguel y María, se llamaban Mike y Mary. No sólo eran más altos y fuertes que los niños de Xochiltepec de su misma edad, sino tenían nuevos hábitos y hablaban un poco raro, resbalando las erres. Pero trajeron regalos muy simpáticos: un tostador, maquinitas de *Nintendo*, gorras de distintos equipos de béisbol, y para Tina, un *makeup kit* –así le dijo la prima a un estuchito de maquillaje– casi verdadero.

Juana se dispuso a empacar en cajas de cartón las pocas pertenencias de la familia. Tenía la cara larga, pero no dejaba salir lo que sentía. Su fuerza era la misma que la de los árboles: se concentraba en hacer lo que tocaba en cada momento. Si había que irse, era necesario guardar las cosas, amarrarlas bien, protegerlas lo mejor posible.

—Ándale, Tina, tú guarda la ropa.

La niña obedeció sin dejar de observar las acciones de su padre, quien en un arrebato había salido dando un portazo. Por la ventana, lo vio hincarse y besar la tierra. Luego le pareció que se ponía a rezar, pero como no miraba al cielo sino a la tierra misma, supo que estaba despidiéndose de los abuelos. Tina no comprendía la lengua náhuatl pero los susurros del padre se le clavaron como alfileres.

—¿*Azo tla nel o tic itohua nican, ipal nemohua? Zan tontemiqui in zan toncochitlehuaco. Zan iuhqui temictli... Ayac nelli in quilhuia nican...*

III

En la madrugada, la familia Arteaga estaba lista para partir. Juana cargó en el rebozo a Demián. Los demás, incluyendo a los gemelos que apenas andaban en los cuatro años, se echaron encima las cajas y los bultos de trapo. Nadie, ni siquiera el padre, volvió los ojos hacia atrás. Pero cuando se hallaban en el difícil cruce de la puerta, varias vecinas llegaron corriendo con la noticia de que Benito había muerto. Tanto mezcal había bebido durante un mes completo que su cuerpo se hinchó todito y al final ya no pudo sacar palabra por su boca, sino sangre, sólo sangre.

La familia dejó caer el equipaje y se quedó unos instantes sin más pensamiento que la pregunta de cómo era posible que Benito ya no estuviera en este mundo. Ese buen hombre capaz de arreglar cualquier aparato descompuesto. ¿Quién iba ahora a echar a andar, cuando se rompieran, el radio, el tractor, o los nuevos electrodomésticos que abundaban desde hacía unos años en el pueblo? ¿Quién organizaría la fiesta de San Andrés? ¿A quién tendrían que llevar cargando a su casa los fines de semana? ¿Quién diría como él cuando alguien se quejaba: "Nada, hombre, sólo morirse es algo"?

—Esto nos lo da Dios para que podamos mandarles un recado a nuestros muertos —dijo Juana—. Tú, Manuel, que eres el de mejor letra, escribe...

Manuel se volvió torpemente a buscar algo para cumplir lo que pedía su madre, sabiendo que en plena mudanza no encontraría ningún papel. Rompió entonces la tapa de una caja y se dispuso a escribir sobre ella.

—Querida mamacita —dictó la madre—, querido Gaspar, hermano de mi corazón...

—Que no se te olviden Evodia, Fidelina, Torcuato, Soledad... —añadió el padre.

—Y Lupita —pidió Tina, recordando a su amiga fallecida el año anterior.

A lo lejos se dejaron escuchar los cantos desgarrados de la procesión. "Madre del buen consejo, ruega por nosotros. Virgen de la divina gracia, ruega por nosotros. Espejo de justicia, ruega por nosotros. Trono de la eterna sabiduría, ruega por nosotros." Eran mitad canción de ángeles y mitad aullido de animal cazado en una trampa. Manuel apuró la escritura:

—Y toda la demás familia que se nos ha adelantado —escribió leyendo sus letras en voz alta—. Queremos decirles que nos vamos de aquí.

—Pero pídeles perdón —ordenó el padre—, explícales. No nada más así...

—Por favorcito, perdónennos. Aquí ya no da la tierra y somos muchos, demasiados... Por eso tenemos que irnos al otro lado, a un pueblo que se llama Avongate. Pero no se apuren: sabrán de nosotros porque les haremos un camino de flores para que puedan visitarnos los días primeros de noviembre, igual que todos los años.

La procesión se acercaba. Ya los cantos se metían por el centro del cuerpo, justo por el ombligo. Y dolían, igual que ha doler nacer y que le corten a uno el cordón por el que la madre nos compartía su vida.

—No nos olviden —acabó Manuel y luego firmó simplemente: Nosotros, los Arteaga.

IV

La procesión dobló la esquina y avanzó despacio levantando el polvo de la calle. Hasta adelante, seis hombres cargaban el ataúd. Detrás venían la viuda, las hijas, y otras dolientes. Luego, el pueblo entero: unos con veladoras, otros con flores, otros más con cruces y vírgenes y santos.

Desde su puerta, la familia Arteaga esperó con respetuosa paciencia a que el desfile luctuoso llegase hasta ella. Los hombres que encabezaban la procesión descansaron sus hombros, colocando el ataúd sobre el piso. Juana y Cayetano se pusieron de rodillas ante él y buscaron un lugar libre de mensajes para colocar su carta. Al parecer todo el pueblo tenía algo que decirle a los muertos. Pero al fin quedó el pedazo de cartón en un sitio seguro, afianzado a la tapa del ataúd con una piedra.

La procesión pudo continuar. Los Arteaga esperaron a que pasara la última fila para sumarse a la marcha y al canto, dispuestos a posponer un día el viaje con tal de acompañar a Benito hasta la tierra en que descansaría por toda la eternidad.

Al pasar junto al río, Tina no se aguantó las ganas de sentirlo por última vez. Sin que nadie lo notara, se fue quedando rezagada y cuando la procesión desapareció en la lejanía, corrió hacia el agua, aventó los zapatos y se sumergió ella completa. Tal vez fue el agua la que llamó a las lágrimas que había contenido desde que supo que dejarían el pueblo. Pero ahora podían fluir confundidas con la corriente, como si ella y el río fuesen una sola cosa, una sola entidad acuática que se dolía porque debía partirse en dos, y vivir en adelante destinos diferentes y distantes. Tina abrió los brazos en un deseo de estrujar entre ellos al río, de acariciarlo, de consolarse mutuamente por la separación y por la muerte del pobre de Benito.

Nunca había estado así, a solas con el río, sin sus amigas ni sus juegos ni sus risas. Se dio cuenta de que este momento la marcaba para siempre, la convertía, de algún modo, en otra persona.

Las voces de su familia llamándola: ¡Tina!, ¡Tina!, ¡Tina!, la arrancaron de golpe de sus pensamientos y de las aguas de su infancia. Salió casi volando hacia la casa y luego tuvo la sensación de no haber parado hasta llegar a ese extraño lugar llamado Avongate. Aunque en realidad todavía pasaron la noche en Xochiltepec y después viajaron durante varios días; para Tina, México quedó atrás al dejar el río.

V

Desde que salieron de la casa fueron haciendo el camino de flores de cempasúchitl[1] para los muertos. Como la distancia que tendrían que cubrir era más larga que la que jamás hubiesen recorrido, acordaron ir soltando pétalo por pétalo. Primero al andar y luego desde las ventanillas del autobús, Tina y sus hermanos se encargaron de la tarea.

—No tantos a la vez —regañó Tina a los gemelos—, así no nos van a alcanzar ni para llegar a la frontera.

Inventaron entonces un juego para dosificar la siembra aquélla. Se convirtió en una especie de partido de dados. Se iban turnando el lance de un sólo pétalo por vez, y entre una tirada y otra, el jugador tenía que entonar el verso de alguna canción.

[1] Cempasúchitl: Flor similar al clavel, de color anaranjado. Se suele utlizar para adornar las tumbas y acompañar a los difuntos.

—A la víbora, víbora de la mar, de la mar...

Ahí va un pétalo.

—El patio de mi casa no es particular, se riega y se moja como los demás...

Ahí va otro.

—Naranja dulce, limón partido, dame un abrazo que yo te pido...

El autobús iba retacado de familias y hombres solos en situación parecida a la de los Arteaga. Todos, pendientes del juego, se reían, apostaban, sugerían canciones. No solamente porque así se hacía más leve el viaje sino porque sabían que dicho camino también les sería útil a sus muertos.

VI

Nueve días tardó Benito en llegar al más allá. No es que quedara lejos de Xochiltepec –en realidad está a la orilla de cualquier pueblo o ciudad– sino porque no es fácil desprenderse del mundo de los vivos. Permaneció rondando por ahí, mirando a sus parientes y amigos remojarse las gargantas con mezcal y café para aguantar tanta lloradera. El homenaje le daba gusto pero a la vez le dificultaba la partida. Sólo pudo pasar al otro mundo cuando los vivos barrieron la cruz que habían pintado con ceniza bajo su caja de muerto al principiar el velorio y volvieron a sus quehaceres cotidianos.

La primera en oír sus pasos fue Evodia, quien con sus años a cuestas no dejaba de intentar ahuyentar a los gusanos y demás animaluchos empeñados en invadir las tumbas.

—Alguien viene —anunció.

Todos pararon oreja. Hasta Lupita, que se las había arreglado para conseguir un mecate[1] para saltar la cuerda, se detuvo a escuchar. Se guiaban más por el oído que por la vista, pues el más allá —un sitio a la vez demarcado por las tumbas y abierto al infinito— se hallaba siempre sumergido en una espesa niebla en la que apenas se adivinaban las siluetas de sus habitantes. Con trabajos se distinguía quién era quién, y esto gracias a los vestigios de ropaje que permanecían sobre los huesos. Algunos se reconocían por el sombrero. Otros, fallecidos en tiempos de revolución, por la carabina. Fidelina resultaba inconfundible por su vestido de novia. Y varios más, vencidos por enfermedad, por el tipo de camisón. Ciertas características relacionadas con la causa de la muerte también ayudaban. Desde lejos se notaba que Torcuato era Torcuato por la falta de piernas que le fueron arrancadas por el tren, o que Mamá Lola era Mamá Lola por el tamañito que le había dejado el cáncer, casi tan mínimo como el del nene de Juana, a quien el mal de cuna no le dio tiempo ni para hacerse de un nombre.

Cuando Benito entró por fin al más allá, los muertitos se le fueron encima. Quienes habían sido sus compañeros de trago y dominó, lo abrazaron; las mujeres viejas, que lo habían arrullado y visto crecer, se lo comieron a besos, y aún quienes no habían coincidido con él en el tiempo de vida, tenían mil preguntas que hacerle. Que si Ester se volvió a casar, que si ya hicieron la carretera, que si es cierto que Luis se volvió un cantante famoso…

[1] Mecate: Soga hecha de corteza vegetal.

—¡Mi bebé! ¿Cómo está? ¿Le hablan de mí? —le preguntó insistentemente Soledad, la tercera hermana de Juana y Eloísa, fallecida en el parto que dio vida al pequeño Demián.

Luego, comenzaron a arrebatar a Benito las cartas. No había quién no quisiera saber si aún lo recordaban. Las manos se entrometían entre la multitud, tomaban una carta y si no les correspondía la arrojaban al aire para no perder un segundo en seguir buscando. De modo que la imagen que se produjo momentáneamente entre las tinieblas fue la de una nevada. Pronto, sin embargo, Gaspar puso orden con una sensatez que no le caracterizó en vida –todavía traía el vendaje en la cabeza, con el que su Juana intentó salvarlo del disparo suicida– pero que últimamente lo distinguía.

—Así no —dijo con voz dulce y convincente.

Entonces se aplicaron a recoger el tiradero, entregándose unos a otros las cartas que les correspondían.

—Ésta es para nosotros —exclamó Mamá Lola, mientras con un gesto invitaba a reunirse a la familia.

Se tuvieron que acercar mucho para poder escucharla, porque además de que hablaba muy quedito, por ahora todo en el más allá era una tremenda algarabía. Así que quien se encontrara a unos pasos no oía palabra, sino sólo vislumbraba los ademanes de desasosiego que el mensaje les producía. Mamá Lola, del puro dolor, no pudo seguir leyendo. Pasó a Gaspar el pedazo de cartón, y mientras éste terminaba la lectura, algunos paseaban alrededor del grupo, otros, en cambio, se hundían un poco más en la tierra con cada frase, pareciendo más muertos que nunca.

El alboroto fue bajando de tono, hasta que volvió a reinar la relativa paz de los sepulcros.

—No habrá quien adorne nuestras tumbas en Días de Muertos —dijo Lupita.

—No importa —intervino Mamá Lola—, porque nosotros no estaremos aquí. Iremos a donde ellos han ido. El incienso y las flores nos llamarán.

—Yo voy pase lo que pase. Necesito ver a mi niño.

—Como quieran, pero tarde o temprano van a olvidarse de nosotros, ¿no se dan cuenta? —replicó Fidelina, echándose a llorar—. Igual que les ha pasado a los otros cuando sus vivos han dejado esta tierra.

Todos supieron a quién se refería. Con discreción se volvieron a Torcuato. Nadie había vuelto a saber de su mujer y sus hijos. Él, en silencio, se preguntó una vez más, igual que cada uno de estos últimos años, si su paso por el mundo no habría dejado huella siquiera en un corazón.

—No van a olvidarnos si hacemos lo que nos piden —aseguró Soledad—. ¿Qué día es hoy?

—Veintinueve de octubre —respondió Fidelina, a quien habían encargado llevar la cuenta del tiempo de los vivos para que se entretuviera en algo más que sus eternas quejas.

—Bueno —ordenó Mamá Lola—, pues vámonos preparando.

VII

Alguien, además de los Arteaga vivos y difuntos, se preparaba para ir a Avongate. Desde su castillo de hielo, más alto que la más alta de las montañas, El Príncipe de la Oscuridad inició el despertar de la breve hibernación que se otorgaba a su regreso del Sur. Estiró los brazos y una ráfaga de viento helado recorrió varios kilómetros, causando a su paso escalofríos en los pocos seres que vivían cerca del castillo. El bosque dorado se sintió sacudido, viendo perdidas de un sólo golpe millones de hojas ovaladas, lanceoladas y de otras tantas hermosas formas.

Después, El Príncipe lanzó un bostezo cuyo aliento cayó como una capa de nieve sobre los lagos y riachuelos de los alrededores. Abrió los ojos y borró la luz de todo sitio en el que fue poniendo la mirada. Con la energía y la felicidad con que se vuelve a la vigilia después de un sueño reparador, se puso de pie y dio algunos saltos para sacudirse la modorra, sin darse cuenta de que con cada movimiento hacía tiritar hasta a la piedras de los caminos. No actuaba por maldad, sino porque El Príncipe de la Oscuridad o Señor del Invierno, como también se le conocía, era tan ajeno a cualquier código moral como un oso. Él nada más obedecía viejísimas leyes impuestas desde que terminara la era glacial, cuando sucediera aquella gran batalla entre la luz y la oscuridad, en la que finalmente las dos fuerzas se dividieron el mundo, negociando la noche y el día, las estaciones, y los cuatro puntos cardinales.

Desde entonces, El Príncipe tenía un nada despreciable alcance sobre el planeta. Sin embargo, una franja central a todo lo ancho, un cinturón del globo terráqueo, había quedado en manos del Sol y la Luna. Por eso es que en sitios como Xochiltepec no se le conocía. Pero en el Norte, que es la dirección que tomó la familia Arteaga, la gente estaba enteradísima de sus procederes.

Sabían que El Príncipe desaparecía durante unos meses, dejando mientras tanto florecer la tierra, las aguas y los cielos. En dichas épocas, sólo de vez en cuando provocaba con sus sueños esas heladas a destiempo, esas tormentas que oscurecen el día por sorpresa y traen la desgracia. Pero, en general, permanecía tranquilo hasta que llegaba el momento de cubrir con tinieblas sus dominios, y aunque su presencia era de esperarse, pues por milenios había ocurrido en las mismas fechas, la gente no dejaba de temerle.

Cuando en Avongate se comenzó a escuchar su canto inconfundible, entre silbido y susurro, todo mundo se dedicó a almacenar provisiones. Secaron con sal la carne, cocieron las verduras en vinagre, prepararon mermeladas de distintas frutas, convirtieron la leche en quesos perdurables y juntaron leña para las chimeneas. Así, al menos, lo habían hecho en tiempos pasados, y aún lo hacían en ciertos rincones del campo. Ahora, en realidad, la gente se aprovisionaba en el *supermarket* y ahorraba para poder pagar los altos precios de la calefacción eléctrica o de gas. Sabían que la llegada del Príncipe de la Oscuridad ponía en riesgo sus vidas. De hecho, cada invierno morían de frío decenas de personas, atrapadas en alguna nevada o en la pobreza de sus propias casas.

El Príncipe terminaba de arreglarse, cantando y bailoteando con excelente humor, cuando llegaron, como todos los años, sus viejas amigas: Las Brujas. Montadas en escobas voladoras o convertidas en alados gatos negros, las visitantes rindieron los honores a su majestad:

—*Hi, darling!*[1]

Luego prepararon un brebaje para el desayuno. Mientras cocinaban, entre burlas y chismes, presumían de sus dones:

—*Children would like to know
why the chicken doesn't fly
in spite of having wings
but other creatures, like cats*

[1] ¡Hola, queridín!

can glide far over the clouds.
Ja, ja, ja, ja.
They are the angels of night.
But only we, the witches, know that.

—In Halloween, with an apple or a nut,
girls play to guess their future:
who will be the handsome man
that brings tender love to my life?
Ja, ja, ja, ja.
Love is lunatic: turns its victims upside down.
But only we, the witches, know that.

—Everybody asks themselves
if sorrow has any meaning
if someday joy will triumph
over war and poverty and grief.
Ja, ja, ja, ja.
Human beings haven't cure at all.
But only we, the witches, know that.[2]

---

[2] Los niños quieren saber/ por qué los pollos no vuelan a pesar de tener alas/ y en cambio hay otras criaturas como los gatos/ que en las nubes se deslizan con las patas./ Ja, ja, ja,ja./ Son los ángeles de la noche./ Pero nadie más que nosotras lo sabe.
En *Halloween*, las muchachas/ juegan a las adivinanzas:/ ¿quién será el Príncipe Azul/ que de amor colme mi vida?/ Ja, ja, ja, ja./ Lunático es el amor: pone a sus víctimas de cabeza./ Pero eso nadie, más que nosotras, lo sabe.
Todo el mundo se pregunta/ si hay un sentido en la pena/ si podrá algún día triunfar/ la alegría sobre la guerra./ Ja, ja, ja, ja./ La humanidad no tiene remedio./ Pero eso nadie, más que nosotras, lo sabe.

—Only we, the most ancient,
the most beautiful presences of Darkness,
the magicians of night storms and nightmares,
just we, who have all seen, know the answers.[1]

El Príncipe festejaba las ocurrencias de Las Brujas, mientras éstas le daban probaditas del guiso en sus distintas etapas de preparación. Hasta que, por fin, éste estuvo listo y pudieron celebrar su banquete como lo manda la noche diurna del invierno: entre risas, danzas y cantos enigmáticos.

Cuando se hubieron saciado, El Príncipe tomó su kilométrica capa y, a la manera de las comedias musicales, entonó:

—It's time to go![2]

---

[1] Sólo las brujas, las más ancianas,/ las más hermosas presencias de la oscuridad,/ las magas de las tormentas y de las pesadillas,/ sólo nosotras, que todo lo hemos observado,/ sabemos las respuestas: ¡nadie más!

[2] ¡Es tiempo de partir!

VIII

La familia Arteaga, junto con sus compañeros de viaje, cruzó la frontera a pie, guiada por un negociante, un pollero como les dicen, que conocía su oficio. Por un momento, Tina se quedó rezagada buscando sitios visibles y seguros para los pétalos de cempasúchitl. Pero al llegar a la alambrada, no supo qué hacer. El piso era de cemento y sobre él sólo crecían letreros: "*Stop!*", "*Don't enter!*", "*Warning: Go back!*"[1]

Tina dio entonces un paso hacia atrás, para luego dar otro hacia adelante y volver a retroceder. Sobre cada una de las señales pegó con chicle una flor de cempasúchitl. Después trastabilló llena de dudas, hasta que su padre vino por ella y la forzó a adentrarse por un agujero abierto al cerco en aquel mundo nuevo.

[1] "¡Alto!", "Prohibida la entrada", "¡Cuidado: Regrese!"

IX

Caía la tarde cuando los Arteaga llegaron a Avongate. Sus parientes ya los estaban esperando. La casa por fuera era muy bonita. Antigua, de ladrillo fuerte, con su techo de dos aguas y su porche. Tal y como se veían las casas en las series de televisión, nada más que con algunos detalles inesperados: en el patio se encontraba un gran espantapájaros y en las ventanas, en vez de flores u otros amables adornos, había telarañas, monstruos, brujas y murciélagos.

—Hi! —gritaron los primos.

—¡Quihúbole! —contestaron los Arteaga.

—Son cosas de *Halloween* —explicó Eloísa, al ver que los recién llegados no quitaban los ojos de la escabrosa decoración—, cosas de chicos.

Se abrazaron y saludaron en distintas lenguas. Los mayores, en náhuatl, los jóvenes recién llegados, en español, y los primos, en espanglish.

—Nosotros tener *all ready* para fiesta de *Halloween* —dijo Mike arrastrando mucho más las erres que cuando fuera a Xochiltepec.

Los niños Arteaga se rieron de su modo de hablar. Mike, quien se había pintado el cabello de verde y traía un collar con espolones de los que usan los gallos de pelea, respondió con enojo:

—*That's why I'll never return to México!*[1]. Yo odiarlos —gritó corriendo hacia dentro de la casa.

—Es que no es fácil —se disculpó la tía Eloísa—, ya verán. Pero entren, hay *beans*, frijolitos...

Por dentro, la casa estaba sumamente deteriorada. En realidad lo que tocaba de ella a los parientes eran apenas dos cuartos con lo indispensable. En uno, mesas, sillas, algún sillón, la tele. Colgados de la pared, la Virgen de Guadalupe, banderillas de los Dodgers y un espejo grande, que con su artificio ampliaba el breve espacio. En el otro cuarto, tres camas grandes acompañadas del desorden que producen la ropa, las mochilas, los patines de varios muchachos. Mike había aventado al piso varios objetos y él mismo se hallaba tirado sobre una cama con los brazos ocultando su cara.

—El baño está afuera —explicó Eloísa—, se comparte con los otros *apartments*.

[1] ¡Por eso yo no voy a volver nunca a México!

Tina tuvo ganas de acercarse a Mike, pero no se atrevió. Sólo se quedó mirándolo, imaginando si en un tiempo sus hermanos o ella misma se encontrarían en ese estado de desasosiego.

Mientras cenaban, charlaron de esto y aquello. Los Arteaga contaron de la muerte de Benito y otras novedades del pueblo. Y Eloísa los puso al tanto de que ya todos, de Manuel para arriba, tenían trabajo en la *Valentine's Mushrooms Company*. Los chiquitines se quedarían en el *playhouse* del *Community Center*. Y a Tina le habían encontrado un empleo especial, que quedaba cerca de la casa.

Por el momento había que salir a la fiesta de *Halloween*. Como no había dinero para algo más elaborado, los primos hicieron los disfraces con unas sábanas, las suficientes como para que todos se convirtieran en fantasmas. El juego animó a Mike, quien se levantó de un salto, se metió debajo de la blanca tela y se lanzó a asustar a los mayores con gestos de estrangulamiento. A los niños Arteaga les hizo gracia la propuesta, de manera que se vistieron deprisa e imitaron al primo. Los adultos sonrieron condescendientes pero pidieron a los chicos que llevaran su representación a la calle. Tina no se unió al festejo. Aunque se le antojaba, le pareció que ya no tenía edad. En el camino a Avongate le había venido aquello que les viene a las mujeres cada mes. Juana la llevó detrás de un árbol y le ayudó a ponerse un pañal de Demián: "Cuando a mí me llegó, Mamá Lola me dijo que se trataba de una herida, pero yo no te quiero mentir. Es la señal de que estás lista para que un hombre te siembre un hijo". Tina recibió el sangrado con una mezcla de temor, orgullo y cólico.

Ahora compartía el chismerío de los adultos, pero no se sentía tampoco parte de ellos. Hablaban de gente desconocida, de hechos que tuvieron lugar antes de que Tina naciera, y de otros asuntos que la tenían sin cuidado. De modo que su mente se hallaba medio ausente cuando Manuel fue sorprendido por una reprimenda de la tía Eloísa:

—No, hijo. Aquí no se puede fumar. Es una casa *non smoking*. Pero si quieres puedes fumar afuera.

Manuel salió malhumorado y Tina fue tras él.

—¡Carajo! —se dolió Manuel—. Aquí no te dejan fumar pero te mandan a la guerra, como al pobre del tío Antonio.

Cayetano se sentó junto la ventana. Desde ahí observó a sus hijos envueltos en el humo del cigarro, tiritando y con los cabellos volados por el viento. Casi no hablaban, pero, como era su costumbre, se comunicaban con los ojos. Detrás de ellos correteaban decenas de pequeños monstruos, ofreciendo un paisaje de pesadilla.

X

Ya todos dormían cuando el frío metió a Tina y a Manuel de vuelta en la casa. Ella se acostó con la madre, la tía, la prima y Demián. Él buscó lugar junto a su padre, hermanos y primos mayores, varios de los cuales roncaban a pierna suelta. Los niños de las dos familias descansaban en la tercera cama, despatarrados, como duermen todos los chicos del mundo, pero a la vez buscando el calor unos de otros. Al parecer, esa noche el invierno había decidido instalarse en Avongate. Tina cruzó los brazos bajo su cabeza para observar mejor el escenario. Se secó los ojos con la manga de su suéter y apagó la luz.

XI

El Príncipe de la Oscuridad y Las Brujas también cruzaron una frontera, sólo que la del extremo norte y desde el cielo. Desde las alturas, los letreros con que los humanos han separado a las naciones, les dieron risa. La comilona les había provocado una especie de euforia, de borrachera, que les sacaba la carcajada por cualquier cosa. Y cada vez que les ganaba la risa, vendavales pavororsos se dejaban sentir en la tierra, ya no sólo despojando a los árboles de sus hojas, sino incluso doblando sus ramas, tronchando algunas gigantescas, que caían sobre los autos y las casas.

Todo iba quedando oculto en la oscuridad, en la medida en que El Príncipe recorría el paisaje terrestre con la mirada, y así quedaría mucho más allá de las horas habituales de la noche, perdurando durante buena parte del día.

En contraste con la negrura que El Príncipe sembraba, las Brujas sacudían el polvo de sus escobas, que no era otro elemento que copos de nieve que iban pintando de blanco los campos y las ciudades.

Los animales intentaban quedar fuera de su alcance. Buscaban cuevas, abrían agujeros en la tierra o en los troncos de los árboles, se escondían debajo de los puentes, adentro de los barcos, o se introducían por las coladeras en el universo subterráneo de las ciudades. Los peces nadaban deprisa hacia las profundidades de los mares, percibiendo que con cada respiración del Príncipe, el agua iba congelándose, ya no sólo en su superficie sino en bloques gigantescos. Y, ¿qué decir de la pobre gente que era sorprendida por el paso del Príncipe y Las Brujas lejos de techo alguno? No le quedaba más que encomendarse a Dios, mientras andaba lo más rápido posible, frotándose la nariz, las orejas, y las manos, tratando de hallar un rincón donde protegerse. Las iglesias, los andenes del metro, y las propias guaridas de los animales eran posibles refugios, pero no siempre se tenía la fortuna de dar con alguno.

El aullido de las fuerzas del invierno se hizo casi ensordecedor. Tina se despertó de golpe y corrió a asomarse por la ventana: el viento levantaba todo lo que encontraba a su paso, y en su lugar dejaba caer unas minúsculas desgarraduras de algodón. Entonces vio con toda claridad cómo era dispersado el camino de flores de cempasúchitl, cómo todas ellas volaban hacia sitios lejanos y luego quedaban sepultadas por la nieve.

En unos minutos, primero los niños y después la gente grande, se fueron despertando y todos iban a dar inmediatamente a la ventana, atraídos por el imán de la escarcha.

—*That's great!* —decían los primos entusiasmados.

—Es bonita —dijo Juana—, no me la imaginaba así.

—Es bonita cuando la ves desde la ventana —añadió Eloísa—, pero de cerca es una lata, *it's so nasty!*

Tina decidió no comentar por el momento el asunto del camino de flores. Sintió que ya tenían demasiados problemas que enfrentar. Ella trataría de dar con alguna solución. Además ahora, según les informaron los primos, era hora de prepararse para partir al trabajo.

—¿De noche? —preguntó uno de los gemelos.

—*That's the way it's here, primo* —le respondió Mike—, *you aren't in Mexico anymore.*[1] México lejos.

---

[1] Así son las cosas aquí... ya no estás en México.

XII

Como el viaje era largo, los difuntos Arteaga salieron de sus sepulcros un día antes de lo acostumbrado. Ya que a voluntad podían hacerse presentes o tomar una absoluta transparencia, por el momento se echaron a flotar por el mundo invisibles a los ojos de los vivos. Sólo alguien que hubiese desarrollado una especial capacidad de atención, que estuviese abierto a percibir su derredor, notaría los haces de luz de distintos tonos desfilando por los caminos. Pero casi ningún humano está tan interesado en observar lo de afuera de sí mismo, sólo un viejo chamán, que se hallaba sentado a la orilla de la carretera, se percató de los viajeros. Al verlos pasar, el anciano se quitó el sombrero en señal de saludo, mismo que devolvieron los muertitos con distintos ademanes difusos.

En realidad, iban felices de que sus parientes hubieran cumplido la promesa de dejarles el camino marcado.

—Aquí hay otra flor —gritó Evodia, quien mantenía un espíritu más entusiasta que el de muchos jóvenes.

—Todavía te voy ganando, comadre —respondió Torcuato, disfrutando de la movilidad por flotación.

Fidelina se quejó de no haber hallado ninguna de las señales.

—Nunca he tenido suerte —comentó.

—Ay, no exageres —la regañó Mamá Lola.

El nene pasaba de unos brazos a otros. Todos lo mimaban en lo que les permitían sus posibilidades. Había quien le hacía el volantín, quien lo arrojaba por los aires en acrobacias que hubiesen sido arriesgadas si el nene no fuera ya un difunto, quien le enseñaba el "tengo manita, no tengo manita", el "pon pon tata", y demás juegos con los que en México se enseña a los niños a hablar. Pero quienes más lo consentían –y a veces, hasta peleaban por él– eran Mamá Lola, su abuela, y Soledad, separada de tajo de su propio bebé y por tanto deseosa de llenar sus brazos con el que había perdido su hermana Juana.

A lo lejos miraron la frontera. Se asombraron de la larga fila de gente que esperaba llegar a una ventanilla, detrás de la cual unos uniformados iban decidiendo quién podía cruzar al otro lado y quién no. Familias enteras, como la suya, necesitadas de alimento y trabajo, eran rechazadas sin que a nadie le importara su suerte. Esto inquietó a los difuntos. Pero Gaspar los tranquilizó, indicándoles que el camino de flores llevaba hacia otra dirección: el hueco en una alambrada. Las señales dejadas por Tina indicaban que los Arteaga vivos habían cruzado al otro lado sin problema.

Por ahí, los difuntos traspasaron también la cerca. En ese momento la zona se encontraba rodeada por policías con perros y linternas, pero los difuntos transitaron junto a ellos sin ser percibidos. El airecillo que provoca el paso de los muertos, sobre todo el de los muertos niños, los angelitos, suscita un repentino silencio entre los vivos, una especie de parálisis, de blanco absoluto. Esta vez, igual que por los siglos de los siglos, los policías no volvieron en sí hasta que las almas inmigrantes se alejaron. Entonces despertaron del encantamiento y se preguntaron unos a otros:

—*What were we talking about?*[1]

Los difuntos continuaron el viaje hasta llegar a una ciudad donde les esperaba una sorpresa. Por las calles caminaban fantasmas, brujas, e incluso esqueletos iguales a ellos. Traían en sus manos unas calabazas de las grandes, con las que se hace el delicioso dulce de calabaza en tacha. Los muertos Arteaga ya las habían visto en el pueblo en años pasados. Los niños pedían con ellas dinero a los paseantes. Pero no les habían dado importancia, diciéndose que el mundo cambia continuamente y ése debía ser un invento moderno.

Sin embargo, al mirar ahora cientos de ellas, iluminadas por una llama ardiente que asomaba por los ojos y las narices caladas, sintieron que podrían tener que ver con ellos. Después de todo, tenían una apariencia muy similar

---

[1] ¿De qué hablábamos?

a la de los difuntos mexicanos, quienes imaginaron gustosos que quizá en este país habría un territorio donde los muertos podían andar en cuerpo físico sobre la tierra. ¡Y en plena luz!

De modo que luego de una breve asamblea, decidieron por mayoría de votos hacerse presentes. De golpe aparecieron calacas[1]. Nunca habían caminado así en el mundo de los vivos. La experiencia les resultaba liberadora y divertida. Se dieron vuelo mostrando sus huesos. Bailaron, tomaron cerveza, se subieron a la rueda de la fortuna, jugaron al tiro al blanco y a la tómbola, ganando varios premios, e incluso vieron una función de títeres sobre Jack el Destripador, que les pareció de lo más ingeniosa.

Todo iba de perlas hasta que un grupito de fantasmas se les acercó de modo amenazante y extendiendo las calabazas hacia ellos, les gritó: "*Trick or treat!*"[2]

Los difuntos Arteaga dieron varios pasos hacia atrás, espantados. Casi habían olvidado lo que era esta emoción, pues uno no se puede morir dos veces. Durante unos segundos no supieron qué hacer. Acostumbrados a ser ellos quienes asustaban a otros, dudaban entre hacerse invisibles, enfrentar a los fantasmas o simplemente huir. En el fondo, la indecisión provenía de no entender lo que aquéllos proponían. Todo sonaba a una declaración de guerra, pero no estaban seguros de si se trataría de algo tan grave.

—*Trick or treat!* —les gritaron subiendo el tono de la voz y cercándolos.

[1] Calacas: Muertos.
[2] ¡Truco o trato!

—¡Dios mío! —dijo Mamá Lola, tomando en brazos a su nieto.

—Es hora de desaparecer —indicó Gaspar.

Cuando los fantasmas estaban a punto de golpearlos o lincharlos o quién sabe qué, los muertos se difuminaron. Convertidos de nuevo en tenues luces, flotaron hasta llegar al campo, lejos de aquellos espíritus poco amigables.

XIII

Antes de salir al trabajo, Juana –¡como si alguien lo pudiera olvidar!– recordó a la familia:

—Hoy es la noche de los angelitos.

—Yo guardo todavía algunas veladoras y algo más —dijo la tía—. He dejado de poner el altar, no sé por qué, pero todavía guardo las cosas. El pobre de Torcuato ha de pensar que ni me acuerdo de él. Si supiera que es todo lo contrario...

—Nosotros trajimos pan de muerto, flores, incienso... ¿Hay manera de hacer mole?

—Más o menos, de regreso compramos algo... Pero, ¿vendrán hasta acá?

—Vendrán —dijo Cayetano—, los niños les dejaron un camino.

Salieron en medio de la nieve, abrigados con gorros y bufandas, algunos improvisados con lo que tenían a mano. Cada grupo tomó un rumbo distinto: los adultos hacia la fábrica, llevando con ellos a los niños más chicos; los primos hacia la *Lincoln School*, y Tina hacia su nuevo empleo. Todos desaparecieron antes de que ella empezara siquiera a descifrar el mapa que le hiciera la tía.

Tenía que lidiar con varias tareas simultáneas: al mismo tiempo que miraba los nombres de las calles e intentaba luego hallarlos en un mapa que el viento se empeñaba en arrebatar de sus manos, tenía que reconstruir el camino de flores y, de pilón, cuidarse de no resbalar en la nieve.

Por más que intentaba orientarse, no le era fácil ubicar dónde se encontraba y hacia dónde tenía que caminar. Avanzaba tres cuadras sólo para darse cuenta de que había tomado la dirección contraria a la correcta. Volvía entonces hacia el punto de partida, pero tomando un atajo que, según ella, la llevaría a la esquina desesada, sin embargo, luego de un rato se hallaba en un sitio completamente desconocido. No se atrevía a preguntar porque no tenía la menor idea de cómo se pronunciaban esas palabras: *Burnaby Street, Peer Avenue, Walnut West, Upper Eckhardt Road, Knigth Drive…*

Se detuvo a tomar aire. Estaba tan perdida como seguramente lo estarían sus muertos, pero no le quedaba de otra que seguir andando. Retomó el paso sin darse ya descanso. De una esquina a otra, pasando por glorietas, puentes, avenidas inmensas y callejones. Por momentos iba tan distraída que los autos tenían que frenar bruscamente. Furiosos, los conductores tocaban el claxon y le gritaban:

—*Watch out, stupid!*

Esta última palabra la entendió a la perfección y se sintió ofendida. ¿Cómo querían que lo hiciera si apenas estaba estrenándose en Avongate?

XIV

Por fin, llegó al número 1.718 de Chesnut Street. El jefe, un hombre de ojos rasgados y larguísima edad, la recibió con mala cara, señalándole el reloj.

—Perdón —se disculpó Tina.

"Zhou's store" era una tienda de disfraces. Todos los fantasmas, las brujas, los espantapájaros y los duendes que había visto la noche anterior se encontraban ahí: vacíos, colgados de un gancho, a la espera de algún chico o chica que deseara encarnarlos.

El trabajo de Tina consistía en disfrazarse de murciélago, y mantenerse en la calle durante ocho horas tratando de ganar clientela. "No está mal", pensó la jovencita. Y sin perder más tiempo —el pago era por hora— entró al baño a vestirse.

El traje le quedaba enorme, de manera que casi no veía. Únicamente parada de puntas alcanzaba los ojos del murciélago. Trató de acomodarse el traje de varias maneras, pero fue inútil. Tendría que andar prácticamente a ciegas. Además, la tela picaba y olía a rayos: mugre de siglos mezclada con alcohol y cigarro.

El viejo, quien había tenido tantos empleados latinoamericanos que sabía algo de español, tocó la puerta:

—*Hey, dear!* A trabajo.

Al salir, Tina se golpeó la cabeza con algo que ni siquiera supo qué era, y se sintió un poco mareada.

—Casi no veo —dijo.

Mr. Zhou la tomó del brazo y la guió hacia el lugar que debía ocupar en la calle.

—*You must make people want to come in*[1], llamarlos —le indicó, haciendo él mismo un número de piruetas y caravanas, antes de desaparecer en el interior de la tienda.

En su semiceguera, Tina dio algunas vueltas: chocó de pronto con algún poste, al rato contra alguna pared. No se le ocurría mucho qué hacer. Aleteaba un poco. Caminaba nerviosa, sin ton ni son, giraba. Nadie, sin embargo, le prestaba atención. Escuchaba cómo se acercaban los taconeos y se seguían de largo. Pasaron horas antes de que alguien se detuviera. Al asomarse sobre las puntas de sus pies vio que se trataba de una mamá con un güerito[2].

—*Oh, Mom, look!*[3]—gritó el chico, tratando de cargar al murciélago, provocando que ambos fueran a dar al piso.

[1] Tienes que hacer que la gente entre.
[2] Güerito: Rubito.
[3] ¡Mira mamá!

—*Ernie, please, behave yourself!*
—*I want this, Mom, please.*
—*But it's horrible.*
—*No, look at these neat wings* —arguyó el niño jaloneando las alas—, *and the head, mom, look at it.*[1]

Llevado por el entusiasmo, el chico se montó prácticamente encima del murciélago, brincoteando sobre su espalda. Hasta que, por fin, la mamá dijo:

—Okay.

Al sentirse librada de aquel salvaje enamorado, Tina se quitó la capucha para respirar. Lo que sintió fue el golpe helado del invierno, de modo que apreció poder estar envuelta en su traje de hule espuma. Luego miró satisfecha que había ganado un cliente: el güerito se vistió de murciélago de inmediato, la madre le pagó a Mr. Zhou, y todos contentos.

Tina tardó en ponerse de nuevo la capucha porque algunas cosas que sucedían en la calle llamaron su atención. Cerca de ella se hallaba una mujer tirada en el piso, rodeada de trapos y cajas. Tenía un letrero frente a sí que decía "*Homeless*", y aunque Tina no conocía la palabra, comprendió en cambio su situación. Cuando la mamá y el murcielaguito pasaron junto a ella, le arrojaron a la mujer una moneda. En cambio, una señora muy elegante que paseaba a un perro recién salido de la peluquería, se alejó de la pordiosera para no rozarla siquiera y tomó en brazos al animal, como poniéndolo a salvo de algún peligro.

[1] Ernie, por favor, compórtate.
Yo quiero éste, mamá, por favor.
Pero es horrible.
No, mira estas fantásticas alas… la cabeza, mamá, mírala.

—Es increíble —se dijo Tina, pensando en lo distinto que trataban a los perros aquí que en Xochiltepec.

Distraída en estas escenas, tardó en darse cuenta de que Mr. Zhou, desde el otro lado de la ventana, la instaba a seguir trabajando. Tomó aliento a profundidad antes de hundirse de nuevo en su traje, justo a tiempo de mirar que un grupo de adolescentes, todos pelones, se acercaba. Tina se dio aún más prisa en colocarse la capucha y comenzó a hacer los movimientos que tan bien le habían funcionado con los clientes anteriores.

Los muchachos se detuvieron junto a ella, lo que en principio le pareció buen signo, pero lo que dijeron a continuación, más bien, el tono que utilizaron al hablar, no le gustó en lo absoluto. Tenía un dejo entre burla y desprecio.

—*Oh! What have we here? One of those brown girls...*[1]

Y todos extendieron sus manos hacia el cuerpo de Tina, lastimándolo con apretones en brazos, muslos y asentaderas. Ella intentó zafarse, pero los jóvenes la cercaron, oprimiéndola por distintos ángulos. Tina gritó con todas sus fuerzas.

Mr. Zhou salió en su defensa.

—*What are you doing, boys?*[2]

Los cabezas rapadas se volvieron hacia Mr. Zhou y se burlaron también de él.

—*Get out inmediatly or I will call the police.*[3]

---

[1] ¡Ah! ¡Qué tenemos aquí! Una de esas morenas...
[2] ¿Qué hacen muchachos?
[3] Váyanse inmediatamente o llamo a la policía.

—*Uuuuy! What a threat! See how scared we are!*[1]— dijeron los chicos, temblando exageradamente ante la amenaza de Mr. Zhou.

Por fortuna, en esos momentos se abrieron las puertas de una escuela y decenas de muchachas con sus libros bajo el brazo se dejaron ir por la calle, como entusiasta parvada. Los pelones encontraron más interesante, entonces, seguir a un grupo de rubias que continuar molestando.

Cuando la calle se hubo quedado vacía, Tina se quitó la capucha, tratando inútilmente de contener el llanto. Mr. Zhou se compadeció de ella.

—*Come, I will make you a cup of tea.*[2]

Y con suavidad la hizo entrar en la tienda, sentarse y tomar un té caliente.

—La gente de aquí es mala.

—*Not all of them.* No todos.

—Bueno, la gente blanca.

—No, no ser cosa de color. *Look at Mr. Golding*, dueño de zapatería. Ser hombre bueno. *He and his family have also suffered. Listen, dear. Everywhere there are people that don't like foreigners.* No gustar gente de fuera. *Do you know that in México,* tu país, *we Chinese people were victims of persecution and a lot of us were killed?*[3]

---

[1] ¡Uuuuy! ¡Qué miedo! ¡Mire qué asustados estamos!
[2] Ven, te prepararé una taza de té.
[3] Y mira al señor Golding (...) Él y su familia también han sufrido. Escucha, querida. En todas partes hay gente a la que no le gustan los extranjeros... ¿Sabías que en México... nosotros, los chinos, fuimos perseguidos y que muchos de ellos fueron asesinados?

Mr. Zhou, quien apoyaba sus palabras con gestos teatrales para que Tina pudiera comprenderlo, en este punto convirtió el dedo índice en un cuchillo con el que se cortó la cabeza.

—¡Qué horror! —comentó Tina tapándose los ojos—, no sabía.

—*That happened many years ago, muchos años. Now things are different. Everything is changing constantly. Just you observe:* día, noche; noche, día. *You must strengthen your spirit. You have to learn English,* aprender inglés importante para ti. *I will teach you.*[1]

—Dígame algo en chino, Mr. Zhou.

—*You would like to speak Chinese!* —rio él —. *No, Chinese isn't useful here.*[2] No servir.

—Lo mismo dice mi mamá cuando le pido que me enseñe náhuatl. Dice: ¿para qué?

—*Oh! That's sad.* Niños deben saber lengua de *ancesters. But your mother is a practical woman...*[3] ¿Sentirte mejor?

—Sí —mintió Tina.

—*Well,* ir a casa. *It's enough for today.*[4]

[1] Eso pasó hace muchos años... Ahora las cosas son diferentes. Todo está cambiando constantemente. Sólo observa... Tienes que fortalecer tu espíritu. Debes aprender inglés... yo te voy a enseñar.
[2] ¿Te gustaría hablar chino? No, el chino no es útil aquí.
[3] Eso es triste... pero tu madre es una mujer práctica.
[4] Bueno... es suficiente por hoy.

XV

L a fábrica de champiñones a la que llegaron los adultos era, igual que la casa de Eloísa, bonita por fuera, pero mucho peor que aquélla por dentro: se trataba de una cueva sumamente oscura y húmeda. "Son las condiciones que necesitan los hongos para darse y crecer", les explicaron. Cayetano se acordó del tiempo en el que trabajó en las minas de Zacatecas, y un escalofrío recorrió su espalda, aún enferma desde entonces.

Allá cuando menos se usaban cascos con su lamparita, pero aquí tenía que pasar un rato antes de que los ojos se acostumbraran y pudieran entrever el lugar. Había un sinfín de filas de estantes, donde descasaban las camas, así les llamaban, de los hongos. De modo que la fábrica daba la sensación de un orfanatorio con muchas literas de varios pisos.

Unas escaleras móviles permitían llegar a cada cama, por alta que estuviera, para sembrar, alimentar, o recoger los hongos, según el momento del proceso de vida en que estuvieran. Pero todo esto había que hacerlo casi a ciegas, de modo que no faltaban los accidentes. Mismos que generalmente tenían que ser atendidos en casa, pues los hospitales estaban cerrados para quienes no tuvieran en orden sus papeles, y era raro que un trabajador recién llegado lograra estar conforme dictaba la ley.

La gente hablaba con el de junto. Compartían toda clase de confesiones aunque no pudiesen verse las caras, o quizá precisamente por eso. Se contaban las historias de infancia; describían una y otra vez cómo eran sus pueblos, qué clase de tamales[1] se comían, qué fiestas celebraban, y qué catástrofes habían sufrido.

Alguien prendió un radio en una estación bilingüe. El locutor dio la noticia de que el senador mexicano Arquímedes Ampudia *declared that* quien dijera que México estaba pasando por la *worst* crisis *since the* Revolución era un traidor a la patria. Los trabajadores se carcajearon primero, luego levantaron una rechifla, y después propusieron que mejor se escuchara algo de música. El dueño del radio fue cambiando de estaciones hasta que llegó a una canción ranchera a la que todos los trabajadores sumaron sus voces: "En el tren de la ausencia me voooy, mi boleto no tiene regresooo, lo que quieras de mí te lo doooy, pero no te devuelvooo tus besos…"

En cuanto sonó el timbre de salida, todos se abrigaron de prisa para salir a la nieve.

—Felices Días de Muertos —gritó alguien.

[1] Tamales: Masa de maíz con manteca envuelta en una hoja de plátano o del mismo maíz, con hebras de carne en su interior.

XVI

Como era de esperarse, al llegar a la nieve, los difuntos Arteaga no encontraron más huellas de sus parientes.

—Bendito sea Dios —dijo Mamá Lola—, y ahora, ¿qué hacemos?

—Seguir andando —respondió Gaspar con tranquilidad—, sólo que hay que agarrar vuelo porque hay mucho donde buscar. Tarde o temprano daremos con ellos. No será esto más grande que el más allá.

Lo bueno era que siendo muertos no sentían el frío, como tampoco conocían ya el hambre, ni el cansancio, ni la sed. La única sensación que se adueñaba de vez en cuando de ellos era la nostalgia. Por eso es que ponían tanto empeño en volver al universo de los vivos en los Días de Muertos.

Había, pues, que apurarse. Después de la experiencia como calacas sobre la tierra, flotaban ahora a la velocidad de los patinadores. Si practicaran más a menudo, quizá romperían su propia marca, pero al salir de sus sepulcros una sola vez al año, recorriendo hasta ahora distancias mínimas, no dominaban las altas velocidades.

En cambio, El Príncipe de la Oscuridad y Las Brujas volaban, cuando se lo proponían, con mayor rapidez que cualquier invento humano, pues se mantenían en actividad buena parte del año. Fue una Bruja, durante el viaje que hacían para provocar una nueva nevada, quien primero vislumbró a los difuntos.

—*Hey, who is there? They don't seem to be Halloween costumes.*[1]

El Príncipe volvió la mirada hacia donde le señalaba su amiga y con repentina seriedad declaró:

—*They are the dead.*[2]

El Príncipe respetaba al más allá porque no tenía poder alguno sobre él. El reino de ultratumba tenía sus propias leyes y forma de gobierno. Muchos decían que se encontraba bajo el mandato de los Dioses, o de un solo Dios, al que daban distintos nombres. Pero él no había visto a ninguno de estos grandes espíritus. Sólo había presentido a sus guardianes.

Le hubiera gustado ir de paseo a este territorio. Desde fuera se vislumbraba una penumbra agradabilísima, de lo más adecuada para el descanso. Pero los ángeles no se lo permitían. Entonces, aceptando las reglas universales, El

[1] ¡Ey! ¿Quién está ahí? No parecen ser disfraces de Halloween.
[2] Son los muertos.

Príncipe se contentaba con dar una caminata por el cementerio. Disfrutaba de su belleza, sobre todo en las noches de luna menguante. Se recostaba sobre cualquier lápida y entonaba alguna cancioncilla sentimental, como de cachorro separado de su madre, provocando con ella una ventisca que ahuyentaba a todo ser humano, incluyendo a los sepultureros. No faltaba en esos momentos el alma que, aprovechando la soledad del panteón, se desprendiera de la tierra para visitar a un ser querido. Salía en su forma transparente y se dirigía hacia la que fue su casa. En general, no hacía otra cosa que atravesar los muros hasta llegar a sentarse a la orilla de una cama o en un sillón, cerca de la persona añorada. Cuando mucho la tomaba de la mano o le soplaba en el cuello. A veces, apagaba la luz para estar más a gusto. En muy rara ocasión hablaba. Pero con frecuencia, por accidente, se le escapaba un portazo o rompía una jarra o una lámpara.

Al Príncipe le caían bien los espíritus de ultratumba, pero no podía permitir que viajaran así, descaradamente, por su territorio. ¿Adónde iban en grupo, tan bien ataviados y sin su permiso?

Las Brujas sintieron curiosidad y un remolino brutal envolvió a los difuntos Arteaga. Los hizo girar vertiginosamente, haciendo que los más débiles bajaran como en resbaladilla hacia el suelo y luego rodaran sin parar. Especialmente Mamá Lola y el nene, que no pesaban en absoluto, fueron a dar a varios metros. Luego de ciertos esfuerzos, deteniéndose unos a otros, la familia difunta pudo mantenerse en posición vertical a pesar de la fuerza del viento.

Contemplaron entonces lo que no conocían. Hasta los más viejos, que creían haberlo visto todo, se sorprendieron. A Las Brujas, en cambio, las divertía el encuentro así que maullando todas a la vez, explicaron a los peregrinos quiénes eran. El Príncipe las cortó de golpe. Con seca amabilidad pidió a los difuntos que volvieran a sus sepulcros.

—Eso es imposible, tenemos que llegar a Avongate. Hoy le toca su fiesta a los angelitos y mañana a nosotros. Nos están esperando...

El Príncipe, resentido por la prohibición de entrar a los sepulcros, se cerró a cualquier posibilidad de diálogo o negociación.

—¡No! —gritó, y en su voz y gesto se delató el oso polar que guardaba dentro de sí.

Las Brujas, lanzando alaridos, tomaron posición de ejército al borde de la batalla. De inmediato, cientos de aves de rapiña acudieron al llamado.

Los difuntos flotaron hacia atrás, pero de pronto, un fuerte olor a incienso los invocó a seguir adelante. Impulsados por la fuerza del amor, tomaron su apariencia de calacas y se prepararon también para la lucha.

XVII

Cayetano acabó de prender el incienso sobre unas pequeñas vasijas de barro: el santo olor prevaleció en la casa sobre cualquier otra sensación y se extendió hacia los alrededores.

El altar iba tomando forma. Con cajas de madera había sido construido un escenario de varios pisos, tapizado luego con papel de china en tonos subidísimos de azul añil, rosa mexicano, amarillo canario. Gracias a las tijeras de Eloísa, otros pliegos de ese mismo material se habían convertido en flores, calaveras y plantas de maíz, que enmarcaban la ofrenda. Los niños colaboraban también con papeles picados, de diseños más simples que los de la tía, pero igualmente alegres.

Juana entró con la canasta de la comida. Primero fueron saliendo los regalos para los angelitos: el pan de muerto, las frutas de almendra y otras golosinas. Después, la cazuela del mole, tal y como le gustaba a Torcuato, y la de los frijoles, especialmente guisados para Soledad, con mucho laurel. El arroz con leche, platillo preferido de Mamá Lola. Y los tamales, que eran del gusto general, de salsa verde para los grandes y de dulce para los muertos chiquitos. En el radio sonaba la voz de Pedro Infante. Todos tarareaban, Eloísa incluso cantaba a pleno pulmón. Sin duda, la familia estaba contenta, en ánimo de fiesta. Hasta Mike ayudaba a poner las calaveritas de azúcar.

—*For Daddy.*[1]

Manuel llegó de la calle con una bolsa de plástico.

—Bueno, ya están aquí los vicios de cada quién.

Con parsimonia fue sacando uno por uno, anunciándolo en voz alta, como si tratara de un juego de lotería: los cigarros, el tequila, la baraja, el dominó, los chocolates, el anís, el café...

[1] Para mi papi.

XVIII

Tina caminó de regreso a la casa, orientándose con mayor facilidad que en la mañana. Sin embargo, un nudo en el pecho le impedía avanzar al ritmo que hubiera deseado, como si sus pulmones se resistieran al paso de un aire de temperatura desconocida. Además, se sentía agotada y le dolían todos los músculos, igual que cuando Manuel la llevó a escalar las faldas del Popocatépetl.

Frente a ella apareció un parque. Por primera vez desde que llegó a ese país extraño sintió alegría. Una banca vacía parecía estar esperándola para mostrarle que ahí también había lugares hermosos, casi tanto como el río de Xochiltepec. Los árboles todavía guardaban algunas hojas, en colores que ella había visto en distintas cosas pero nunca en los árboles: ladrillo, miel de abeja, mostaza, sol de la tarde...

Dejó resbalar la cabeza hasta el respaldo y su conciencia se perdió en la contemplación de ese paisaje de colores nuevos. Le daba la impresión de estar viendo una película, pero ya no de terror sino romántica. Lo que no podía creer es que se tratara de su propia vida, que eso que estaba sucediendo en el parque le estuviera pasando verdaderamente a ella.

Casi se quedó dormida cuando se acordó de que era noche de muertos. Sólo esto le dio ánimos para ponerse en pie. Antes de emprender la difícil tarea de echarse a andar, sacó de su bolsillo las últimas flores de cempasúchitl que le quedaban y las esparció alrededor.

La entrada de Tina en la casa apenas interrumpió la diversión de los preparativos. Llegó sin hablar, sólo saludando de lejos, y de inmediato se sumó a los trabajos del altar. Manuel, sin embargo, se dio cuenta de que algo le pasaba.

La vio encender las veladoras y luego acomodarlas de manera que iluminaran bien toda la ofrenda, desde lo más alto hasta el piso. Después, como si en este esfuerzo se le hubiera ido toda la energía, se quedó quieta, sentada a los pies de lo que ahora parecía una hoguera.

Manuel se acercó a ella y le preguntó con los ojos.

—¡Hi! —respondió Tina.

—¿Qué te traes, chamaca?

Manuel le tocó la frente y llamó a su madre, quien repitió la acción, primero con la mano y después con su propia mejilla.

—Dios mío, niña, estás ardiendo en calentura.

Todos, entonces, rodearon a la enferma.

—Ha de ser el cambio de clima —comentó Eloísa—, mis hijos también se enfermaron cuando llegamos a Avongate. Pero no es grave, es sólo un flu. Ahorita le damos un *Tylenol* y ya con eso.

Mientras Juana atendía a su hija, poniéndole trapos fríos en la cabeza, la familia volvió a ocuparse en dar los últimos toques del altar. Casi estaba listo: era tan grande que ocupaba buena parte del cuarto, y tan hermoso que los propios creadores no podían dejar de mirarlo.

—Sólo faltan las fotos —dijo Cayetano.

De distintas cajas, cajones y de la pared misma, fueron llegando las imágenes de sus seres queridos. Casi en todas se encontraban sonrientes, pues las fotografías se sacan en momentos especiales, dichosos: una boda, un cumpleaños, unos primeros pasos, una fiesta de San Andrés, una pastorela, una tarde en la feria. Sólo el nene, como dictaba la costumbre, estaba retratado en su diminuto ataúd, preciosamente vestido y con una coronita de flores en la cabeza.

—Hay que quitar lo de *Halloween* —dijo Tina en tono muy bajo.

—No! —gritó Mike.

—Sí —apoyó Manuel a su hermana—, puede desconcertar a los muertos. No van a creer que vivimos aquí si ven esas cosas.

—Bueno —concilió Juana—, pero está el camino...

—No hay camino —afirmó Tina—, la nieve lo ha borrado.

La noticia dejó a todos pasmados, incluyendo al propio Mike, quien dijo en su mal español:

—¿*Daddy* no poder venir?

Ya nadie agregó palabra. Todos se dedicaron a quitar los adornos de *Halloween* y luego salieron para rehacer el camino hasta donde fuera posible.

XIX

Tina quedó sola. Acostada ahí, junto al altar, le parecía estar viviendo su propio velorio. Estaba tan pálida, ojerosa y desencajada, que cualquiera hubiera creído que ya estaba difunta, si no fuera porque temblaba de pies a cabeza.

La niña cerró los ojos y vio el río de Xochiltepec. Se miró a ella misma metida en el agua con sus amigas. Reconoció en detalle aquel lugar que la acunara. Sintió el sol sobre los hombros, le ofreció de beber a una garza haciendo con sus manos un cántaro, escuchó la risa de las niñas y el canto de la corriente. Palpó con sus pies las piedras pulidas por la fuerza del agua. Caminó sobre ellas, despacio, con el vestido flotante y las trenzas convertidas en aguacero que mojaba su espalda. En cámara lenta, se vio resbalar y caer de cuerpo entero sobre aquella alfombra a la vez durísima y suave. Vio cómo su cabeza golpeaba contra una piedra grande y ella quedaba sumergida, sin ningún ánimo para luchar por salir al aire, sino al contrario, en un dulce descanso que la invitaba al sueño, un sueño del que no habría de volver.

XX

Evodia, quien no sólo era la más vieja del grupo sino la que llevaba más años difunta, miró también la escena que soñaba Tina. Desesperada ante aquel ejército de espantos necios que les negaba el paso, invocó a sus antepasados para que acudieran en su ayuda. Se puso de rodillas y suplicó a la Virgen de Guadalupe que se apiadara e hiciera algo para que ella pudiera salvar a esa niña, a quien no tocaba todavía morir. Le pidió que la dejara tomar la forma de su nagual[1], implorándole a éste que uniera su suerte a la de ella, igual que lo había hecho cuando estuvieran en el mundo de los vivos.

[3] Nagual: Forma animal protectora que le corresponde a una persona dependiendo de su fecha de nacimiento.

Entonces, antes de que nadie pudiera darse cuenta, Evodia se convirtió en una velocísima mosca, que se perdió de inmediato en la oscuridad. Los espíritus del invierno se mostraron momentáneamente confundidos. Las calacas entendieron que ésta era la única forma de escapar. De modo que, aprovechando el desconcierto de Brujas y Príncipe, se convirtieron en cabra, venado, lobo, águila, gato montés y luciérnaga. Y echáronse a volar o correr, según le tocara a cada quién. El olor del incienso los orientaba, haciéndoles saber que la casa de sus parientes no se encontraba lejos.

Los espíritus del Norte iniciaron de inmediato una persecución desesperada. Era difícil decidir a cuál cazar primero. Las Brujas chocaban entre sí al querer alcanzar destinos cruzados, perdían a un difunto mientras hallaban a otro, para luego darse cuenta de que se trataba de una cabra de carne y hueso.

El Príncipe se concentró en dar alcance a la mosca que encarnaba Evodia. Como su poder era tan grande logró seguir su paso entre la hierba cubierta de nieve, e incluso, llegar hasta ella y casi atraparla entre sus manos de hielo, pero precisamente por esta condición húmeda y resbalosa, Evodia escapó fácilmente. Hasta que al fin pudo llegar a las puertas mismas de la casa.

El brillo intenso de las veladoras detuvo al Príncipe. El fuego era el único elemento capaz de contender contra él. Su luz y calor lo repelían al punto de que rara vez podía acercarse lo suficiente como para apagarlo. Por algo la gente, desde siempre, enciende fogatas durante el invierno.

XXI

Evodia llegó justo en el último instante antes de que Tina pasara irremediablemente al más allá. En la orilla del río, la difunta tomó su forma transparente y se sumergió de inmediato hacia donde la niña yacía desmayada. La tomó en sus brazos, la acostó sobre la tierra, y le sopló al oído:

—Todavía no, no te ha llegado tu hora.

Tina, en medio de los delirios que se desatan cuando se está en la frontera entre la vida y la muerte, le respondió:

—¿Cómo voy a vivir si no sé quién soy? ¿Soy una niña, una muchacha, un murciélago, una *brown girl*? ¿Soy de aquí o de allá, del río o de la nieve, de la luz o de la oscuridad?

—Eres Ernestina Arteaga. Eres Tina. Ésa has sido y ésa seguirás siendo, pase lo que pase.

Cuando Tina abrió los ojos, la familia se encontraba a su alrededor. Juana y sus hermanitos lloraban. Eloísa le aplicaba todos los remedios que se le ocurrían. Los demás parecían estatuas de la parálisis que se había adueñado de ellos. Manuel fumaba afuera, pegados los ojos a la ventana.

—Ya llegaron —dijo Tina, y todos, aunque creyeron que sus palabras eran expresión de algún sueño, se alegraron de verla viva.

Cayetano corrió hacia ella. Perderla hubiera sido un golpe del que no se recuperaría. Ya había pasado por el martirio de perder a Fidelina, a Soledad y a Gaspar, y no soportaría que se le fuera una hija más. Mientras miraba cómo se apagaba el aliento de Tina, había pensado en seguir los pasos de Gaspar pegándose un tiro en la cabeza. Pero ahora agradecía en voz alta a todos los santos antiguos y modernos que le venían a la mente que no hubiera pasado lo peor.

—Ya llegaron, de veras. Los sentí entrar.

XXII

Antes de que los muertos niños eligieran por cuál golosina comenzar, Soledad ya había llegado hasta la hamaca donde dormía Demián. Los vivos se hincaron entonces alrededor de la ofrenda. Emocionados, se echaron a cantar unas plegarias, mientras Torcuato rodeaba con ambos brazos la cintura de Eloísa. Mamá Lola se quedó de pie, acariciando los cabellos de sus hijas y nietos. Gaspar colocó su cabeza vendada sobre el hombro de la hermana que había tratado de salvarlo, en tanto que Evodia se escurrió entre los angelitos para pescar un chocolate. Los vivos comenzaron a intuir las caricias de sus difuntos, y olvidados de las miserias, se entregaron a aquel encuentro deparado a sólo ciertas horas del año.

La energía desbordante sumó su efecto al de las medicinas gringas y mexicanas: Tina experimentó un súbito alivio. Se puso de rodillas como los otros y paseó la mirada con el extrañamiento de quienes resucitan. Cada objeto y persona le parecía admirable; por más conocido que fuera, le daba la impresión de estar apenas descubriéndolo. Trató de hallar a Evodia para darle las gracias. Pero el hecho de haber rozado la muerte no le daba el beneficio de tratar con los difuntos de un modo directo. Ni siquiera le era posible distinguirlos. Como cualquier ser de carne y hueso, sólo lograba adivinar su compañía. A quien sí, en cambio, encontró Tina fue a Mike.

Con sus pelos de espolón de gallo ahora pintados de púrpura, el primo se mantenía a distancia, de espaldas a la fiesta. Tina fue hacia él, sin saber cómo acercársele. Primero le hizo cosquillas, pero Mike se zafó bruscamente. Después posó una mano sobre su hombro como si fuese un movimiento distraído. Esta vez, no hubo una respuesta tan tajante, aunque Tina percibió cómo se tensaba el cuerpo de su primo hasta lograr la textura de una piedra. Mientras hallaba una tercera opción, sus ojos cayeron en lo que él miraba: la ventana era cuadro de una fantástica nevada. También ella quedó atrapada por la fascinación de la imagen. De pie, con la mano sobre le hombro de aquel jovencito de su sangre tan distinto sin embargo a todos los que había conocido, y a la vez lo bastante similar como para compartir la atracción hacia las fuerzas naturales.

—Mañana: *no school, no work* —dijo él de pronto con alegría.

—¿Cómo?

Mike se esforzó por saltar la barrera de la lengua y explicó en español:

—Cuando mucha nieve, todos en casa.

—No pensábamos salir, Mike, mañana es día de los muertos grandes.

—*What?*

Tina se dio cuenta de que ahora le tocaba a ella darse a entender. No estaba segura de si su primo no comprendía las palabras o si más bien eran las costumbres de días de muertos las que le resultaban extrañas. De modo que comenzó a contarle con señas y medias palabras de la peregrinación que habían tenido que hacer los difuntos para llegar a ellos.

A Mike le divirtió aquel juego de inventar un nuevo modo de decir las cosas. Con entera atención observaba los gestos de Tina y los devolvía para asegurarse si había entendido bien:

—¿La tierra? *The earth or the soil? The dead ones?* ¿Amor, *love?* ¿Camino? ¿Flores, *flowers?*

—Mj, flouguers.

—*Flowers* —corrigió Mike, muerto de risa.

—*Flowers* de cempasúchitl.

—Zampa...

—Cem-pa-sú-chi-tl.

La gente mayor se volvió hacia los jóvenes al escuchar las carcajadas y rió también. Más que nadie Eloísa, quien no veía a su hijo contento desde hacía años. Mike también miró a los adultos alrededor del altar y esa visión le bastó para recuperar el enojo habitual.

—¿Qué pasa? —le preguntó Tina.

—*Nothing*.

—Claro que sí, algo te pasa.

—*It's a lie*. Una mentira. *Daddy* no haber venido.

—Ven —lo invitó Tina.

Los dos primos se acercaron al grupo tomados de la mano. Tina lo jaló para que se hincara junto a ella, y a señas le indicó que cerrara los ojos y esperara. De inicio, él probó unos segundos, para de inmediato informar a Tina que no sucedía cosa alguna.

—Calma.

Mike los volvió a cerrar. La figura luminosa de Torcuato se aproximó a él, le dio unos golpecitos en la espalda y luego lo despeinó, como solía hacer cuando estaban juntos sobre la tierra. El muchacho sonrió con levedad.

—¿Eres tú, *Daddy*?

Nadie se dio cuenta de las sombras que espiaban por la ventana. El Príncipe de la Oscuridad y Las Brujas, descargados en la terrible nevada de la furia, contempaban la fiesta. El fuego de las veladoras se había gastado a lo largo de la noche, de modo que ya no constituía una amenaza. Apenas iluminaba el cuarto, ofreciendo una sensación de intimidad, de tibieza. La imagen produjo a los espíritus de la noche unas inmensas ganas de maullar, quizá por alguna antiquísima melancolía.

Pronto, sin embargo, comenzó a clarear y se vieron forzados a volver a las tinieblas. Mientras ellos se alejaban, los angelitos flotaron hacia sus seres queridos. Lupita en son de guasa, le jaló las trenzas a Tina. El nene se acurrucó en los brazos de su mamá. Y Fidelina, aunque ya no estaba en edad, se sentó sobre las piernas de Cayetano.

Para entonces, los vivos habían sacado la guitarra, entonaban canciones paganas, y se disponían a compartir con los muertos mayores el café y el tequila. Torcuato hizo a Mike un último arrumaco y flotó hacia el altar, junto con los otros difuntos, para entrarle a la comilona.

Un radio lejano anunció, en inglés y en español, que había caído la nevada más terrible del siglo XX –y eso que tal siglo estaba ya por terminar– de modo que quedaban interrumpidas todas las actividades. Los vivos se alegraron tanto por la noticia que se lanzaron a bailar. Tina sacudió a Mike, quien seguía bajo el encanto de haber sentido a su padre, y le pidió que bailara con ella un son veracruzano.

El no sabía moverse al estilo de Tina, pero lo intentó con resultados aceptables. Luego fue Mike quien le enseñó a su prima algunos pasos de rap, su danza preferida, mismos que Tina aprendió con relativa rapidez pese al grado de dificultad que implicaban. Para aumentar la diversión, la joven se puso una máscara de calabaza, recuerdo del pasado *Halloween*. Mike tomó entonces una gran calavera de papel y la incorporó al baile. Los otros chicos, vivos y difuntos, se fueron sumando con otros disfraces y objetos tomados lo mismo del altar que de los despojos de la Noche de Brujas.

La ventana les regaló los primeros rayos de sol: de inicio, pálidos, pero más tarde de una plenitud sorprendente. Mike fue quien inició la carrera hacia afuera. Atrás de él salieron todos los demás niños y jóvenes en tropel. Tina, sin embargo, se detuvo en el umbral. Por un lado, la nieve la llamaba como a los demás chicos, pero por otro no quería alejarse de sus difuntos. Además, la prudencia le recordó el episodio de enfermedad de la noche anterior. Así que luego de un instante de duda, cerró la puerta, se quitó la máscara de calabaza, y se dirigió al altar por una calaverita de azúcar.

Mordisqueándola, caminó entre su gente, hasta llegar de nuevo a la ventana. Desde ahí podía observar los varios mundos: el de los chicos y el de los grandes, el de los vivos y el de los difuntos, el de Xochiltepec y el de Avongate. Todos presentes en una pequeña superficie, por un instante sin entrar en lucha, sin excluirse, mezclándose suavemente afuera y adentro de ella misma.

ESTE LIBRO
TERMINÓ DE IMPRIMIRSE EN LEÓN,
EL DÍA DE SAN FROILÁN DE 2001,
EN LOS TALLERES DE EVERGRÁFICAS
EN LA VIRGEN DEL CAMINO.